카롱 카롱 마카롱

이빛 글 이현정 그림

초판 1쇄 발행일 2025년 1월 5일

펴낸이 박봉서 **펴낸곳** (주)크레용하우스 **출판등록** 제1998-000024호

편집 이민정·최은지 **디자인** 이혜인 **마케팅** 한승훈·신빛나라 **제작** 김금순

주소 서울 광진구 천호대로 709-9 **전화** (02)3436-1711 **팩스** (02)3436-1410

인스타 @crayonhouse.book **이메일** crayon@crayonhouse.co.kr

ISBN 979-11-7121-158-6 74810

카롱 카롱 마카롱

이빛 글 ❀ 이현정 그림

크레용하우스

작가의 말

여러분은 동화책을 읽거나 이야기를 듣고 아쉬웠던 적이 있나요? "왜 이렇게 끝나지?" 하면서요. 저는 어린 시절 『해님 달님』을 읽은 후 너무 아쉽고 슬펐어요. 엄마는 호랑이한테 잡아먹히고 두 남매는 해와 달이 되었지만 헤어지잖아요. 어른이 되어서도 『해님 달님』을 생각하면 기분이 좋지 않았어요. 한편으로는 호랑이가 밉기도 했고요. 그래서 『해님 달님』 이후의 이야기를 써 봐야겠다고 생각했어요. 행복한 결말을 상상하면서요. 혹시, 바꿔 보고 싶은 이야기가 있나요? 그렇다면 여러분도 얼마든지 자신만의 이야기로 새롭게 만들 수 있어요. 물론, 이야기 그대로를 좋아해도 괜찮아요.

궁금해요! 여러분은 『카롱 카롱 마카롱』을 읽고 어떤 생각이 들었을지요. 저는 모두가 행복해지길 바라며 이야기를 썼답니다. 카롱이는 처음에 호랑이로 다시 태어나기 위해 해준이와 달래를 돕지요. 하지만 나중에는 해준이, 달래와 친해져요. 그리고 하찮게 생각했던 고양이의 모습도 좋다고 생각하고요. 고양이도 호랑이가 가지지 못한 좋은 점이 있으니까요. 모두가 각자 자기만의 개성과 장점이 있어요. 여러분도 자신이 가진 것 중에 좋은 점을 한번 찾아보는 건 어떨까요? 분명히 여러분을 빛나게 해 줄 무언가가 있을 거예요. 저는 누구나 자기만의 빛이 있다고 믿어요!

빛을 어떻게 찾냐고요? 사실 저도 정답은 잘 모르겠어요. 하지만 책을 읽다 보면 다양한 주인공들을 만나게 되어요. 새로운 세상도 경험하게 되고요. 그러다 보면 숨겨진 빛도 찾게 될지 몰라요. 결국 책을 읽으라는 이야기가 되었네요. 하하.

책을 읽고 싶지 않으면 어떻게 하냐고요? 그럴 때는 재밌게 놀고 생각을 많이 해 보세요. 여러분이 바로 동화가 되는 거지요. 자유로운 상상과 다양한 생각으로 하루하루를 채워 가세요. 그렇게 자신만의 동화를 즐겁게 만들며 빛을 찾아보는 거예요. 나중에 만나면 여러분의 이야기를 마음껏 들려주면 좋겠어요. 기대하고 있을게요!

끝으로 이 책을 읽어 주신 독자님들께 많이 감사합니다. 그리고 책이 세상에 나올 수 있도록 도와주신 크레용하우스 출판사와 제가 머릿속에 그린 것보다 카롱이와 해준, 달래를 더 사랑스럽게 그려 주신 이현정 작가님께도 깊이 감사드립니다. 옆에서 늘 믿고 힘이 되어 주는 가족들에게 무한한 사랑을 보냅니다.

언제 어디서나 빛을 찾고 있는
이빛 작가

차례

떡 하나 주면 안 잡아먹지

옛날 옛날에 사이좋은 오누이와 엄마가 행복하게 살고 있었대. 오누이의 엄마는 산을 넘어 이 마을 저 마을에서 떡을 팔았어.

어느 날 엄마가 팔고 남은 떡을 이고 집으로 가는데 호랑이가 "떡 하나 주면 안 잡아먹지! 어흥!" 하며 나타난 거야. 엄마는 호랑이에게 떡을 주고 도망쳤어.

하지만 호랑이가 자꾸 나타나 떡을 달라는 바

람에 남은 떡을 다 주고 말았지. 떡을 다 먹어도 배가 채워지지 않자 호랑이는 약속을 어기고 엄마까지 잡아먹었어. 그러고는 엄마 옷으로 갈아입은 후 오누이가 있는 집으로 향했어.

오누이는 엄마를 기다리고 있다가 "엄마 왔다." 하는 걸걸한 목소리를 들었어. 오누이는 엄마 목소리가 평소와 다른 것이 이상해 문틈으로 손을 보여 달라고 했지.

호랑이는 엄마처럼 보이기 위해 손에 밀가루를 묻혀 문틈으로 내밀었어. 하지만 손을 본 오누이는 엄마가 아닌 것을 알아채고 뒷문으로 나가 높은 나무 위로 도망쳤어.

호랑이도 나무 위로 올라가려고 했지만 쉽지 않았어. 호랑이가 어찌 올라갔냐고 물으니 오빠는 참기름을 바르고 올라왔다고 말했어. 오빠 말

대로 호랑이는 참기름을 바르고 나무를 탔지만 미끄러지기만 했어.

오누이는 하늘에 도와달라고 간절히 빌었어. 그러자 하늘에서 동아줄이 내려왔고 오누이는 하늘로 올라갔어. 그 모습을 본 호랑이도 동아줄을 내려달라고 하늘에 빌었지. 하지만 썩은 동아줄이 내려와 끊어지는 바람에 호랑이는 수수밭으로 떨어져 죽고 말았단다. 호랑이의 피로 수수밭이 붉게 물들어 지금도 수수가 붉은색이라고 전해지지.

오누이는 하늘나라로 가서 해와 달이 되었대. 그럼 호랑이는 어떻게 되었을까? 저승에서 벌을 받고 있다고도 하고 다시 태어났다는 이야기도 있던데 말이야. 너희도 궁금하지? 호랑이가 직접 이야기해 준다고 하는데 어디 한번 들어 볼래?

고양이로 태어나다

"네 이놈! 아직까지도 헛소리를!"

나는 염라대왕님이 호령하는 소리에 잔뜩 고개를 조아렸어. 무서워서 온몸이 덜덜 떨리고 쪼그라드는 것 같았어.

"그, 그, 그리고 제가 며칠을 굶어서 보이는 게 없었다고요. 인간들이 숲에서 먹을 것들을 죄다 잡아가니. 저도 먹고살아야 하지 않겠습니까……. 게다가 고, 고것들이 저를 속였잖습니

까? 참기름을 바르고 나무 위로 올라오면 된다고
요. 요, 요, 요기 제 엉덩이도 좀 봐 주십시오. 수
숫대에 찔려 이렇게…….”

나는 바짝 몸을 낮추고 엉덩이를 보이며 사정
했어.

“쯧쯧, 망측한지고. 그 엉덩이 치우지 못할까?
네가 지은 죄도 제대로 반성하지 않으면서 호랑
이로 다시 태어나게 해 달라? 그것이 어디 가당
키나 하느냐? 하지만…….”

염라대왕님은 이마를 짚으며 골똘히 생각에 잠
겼어. 한참 동안이나 염라대왕님의 입이 좀처럼
떨어지지 않는 거야. 나는 침을 꼴깍꼴깍 삼켰어.
제발 다시 호랑이로 태어나게 해 주세요! 나는 마
음속으로 빌고 또 빌었어.

“그래, 네가 인간 때문에 굶고 억울한 점도 있

다고 하니 아량을 베풀고자 한다. 으흠…… 고양이가 좋겠다. 고양이가 되어 오누이와 아낙이 사는 세상으로 가라.”

염라대왕님은 더 이상 볼일 없다는 듯 손을 휘휘 저었어. 나는 애가 타서 발을 동동 굴렀어. 고양이라니! 볼품없이 고양이로 태어나라니!

“고양이로 태어나 인간들과 살며 오누이와 아낙에게 저지른 네 죗값을 치르도록 해라. 죗값을 잘 치르면 다음 생은 호랑이로 태어나는 것도 한번 생각해 보겠다!”

“죄, 죗값을요? 어떻게…….”

염라대왕님의 말이 끝나자 ‘펑’ 하고 밝은 빛이 퍼지며 주위가 하얗게 변했어. 나는 눈이 부셔 눈을 꼭 감았어.

잠시 뒤, 눈을 떠 보니 내가 풀밭 위에 앉아 있

지 뭐야!

"야옹."

어이쿠야, 이게 무슨 소린지 모르겠네? 나는 옆에 있는 은행나무를 보고 다시 한 번 힘껏 소리를 내 보았어.

"크아아아아아옹."

이게 뭐야? 원래 내 목소리는 쩌렁쩌렁 울려 온 산을 뒤흔들 정도였다고. 하지만 이제 나무 기둥은커녕 가벼운 나뭇잎마저 고요하지 뭐야. 내 목소리에도 꼼짝하지 않던 나뭇잎이 바람에 팔랑팔랑 흔들리자 약이 바짝 올랐어.

"크앙!"

열매 하나가 내 머리에 콩 떨어졌어. 나는 기운이 쭉 빠져 몸을 동그랗게 말고 엎드렸어.

후유, 정말 고양이가 되어 버린 거야.

"자, 여기 이것 좀 먹어 봐."

한 여자가 다가와 그릇을 내밀었어. 안을 들여다보니 토끼 똥처럼 동글동글한 것이 가득했어. 감히 호랑이님 보고 토끼 똥을 먹으라고?

나는 냄새를 킁킁 맡아 보았어. 난생처음 맡는 냄새였지만 토끼 똥은 아니었어. 나는 배가 너무 고파 동글동글한 것을 한입 먹어 보았어. 오독오독 씹히는 맛이 낯설었지만 배를 채울 수 있어 좋았지.

이렇게 가만히 엎드려 있어도 먹을 걸 가져다주다니. 새로운 세상이 살짝 마음에 들기도 했어. 일단 이곳에서 살아갈 궁리를 해 봐야겠어.

떡을 찾아라

마카롱

여기저기 길을 걷다 보니 옛날과는 정말 많이 변했어. 신기한 것투성이였지. 어떤 사람은 두 발이 저절로 굴러가는 걸 타고 다녔어. 부르릉 소리를 내고 엄청 빨랐어. 네 발 달린 커다란 것이 사람을 태우고 쌩쌩 달려서 깜짝 놀라기도 했고.

또 사람들은 지게처럼 큰 주머니를 어깨에 메고 다녔어. 다들 손에는 납작하고 네모난 돌 같은 걸 들고 다니고 말이야. 길에 사람도 많고 여러

가지 소리로 시끄러웠어. 그래서 그런지 사람들이 귀에 동그란 걸 꽂아 막고 다니기도 하더라고. 밤에도 불빛이 번쩍번쩍해서 눈이 뱅글뱅글 어지러웠어.

하루, 이틀, 사흘이 지났어. 나는 차차 새로운 세상에 적응해 갔어. 토끼 똥 같은 것도 먹고 생선 냄새가 나는 것도 먹으며 지냈어. 음식 냄새가 나는 곳을 찾아 헤매며 허기를 채울 때도 있었지만 말이야.

그런데 이상해. 고양이로 태어나서도 잊을 수 없는 것이 있었어. 뭐냐고? 혹시 고기냐고? 아니야. 그건 바로 '떡'이었어.

아이고, 떡 하나만 먹으면 소원이 없겠어. 떡 때문에 이 고생길로 왔지만 떡 맛은 잊을 수가 없다니까. 빨리 오누이와 아낙도 찾아야 하는데 말이지. 죗값을 치르고라도 다시 호랑이로 태어나고 싶거든.

나는 두 다리를 앞으로 뻗고 몸을 쭉 펴며 자리에서 일어났어. 배도 고프니 떡을 찾으러 다녀 봐야겠다고 생각했지. 이 세상에도 맛있는 떡이 있지 않을까?

나는 길을 걷고 또 걸으며 여러 가지 음식 냄새를 맡았어. 군침이 도는 냄새가 많았지만 도대체 떡 냄새는 맡을 수가 없었어. 기운이 쏙 빠져 다시 돌아가려는데 어떤 오누이가 이쪽으로 걸어오는 거야. 무언가를 먹고 있었는데 맛있어 보이더라고.

'혹시 저 남자아이가 들고 있는 게 떡인가?'

남자아이가 한입 깨물어 먹으니 초승달 모양이 되었어. 초록빛을 띤 게 쑥떡처럼 보였어. 옆에

있던 여자아이도 동그랗고 하얀 것을 꺼내어 한
입 깨물었어.

입 모양을 보니 쫀득쫀득한 걸 씹는 듯했어. 그
건 분명히 떡 같았지. 나는 입안에 침이 고이기
시작했어. 먹고 싶어 참을 수가 없었어.

'이 세상 떡은 저렇게 생겼나 보구나.'

나는 오누이에게 다가가 우렁차게 소리쳤어.

"캬아아아앙! 크아아아아앙!(떡 하나 주면! 안 잡
아먹지!)"

오누이는 신나게 오물거리던 입을 딱 멈췄어.
발걸음도 멈추고 나를 쳐다봤지. 아마도 엄청 놀
랐을 거야. 으흐흐, 이 호랑이님한테 당장 떡을
줄 수밖에 없다니까.

"깜짝이야! 저 고양이 눈 좀 봐. 무섭다. 꼭 떡
하나 주면 안 잡아먹지 하는 것 같은데?"

남자아이가 눈을 커다랗게 뜨고 말했어. 나는 곧 떡을 먹을 수 있겠구나 싶었지. 그런데 갑자기 여자아이가 나에게 성큼성큼 다가오는 거야.

"하하, 오빠는 고양이가 뭐가 무서워. 귀엽기만 한걸. 검은 줄무늬가 있어서 꼭 작은 호랑이 같아. 고양이야, 이리 와 봐!"

여자아이는 나를 번쩍 안아 들더니 내 등을 마구 쓰다듬었어.

"크으으앙! 크으으르르르릉!"

나를 멋대로 만지니 기분이 좋지 않았어.

'감히 호랑이님을 떡 주무르듯이 마구 만져?'

"달래야, 그만해. 고양이한테 물리겠다. 얼른 가자."

남자아이는 여자아이보다 키가 두 뼘이나 컸지만 잔뜩 겁먹어 움츠러들었어.

"캬아아아악! 크르르르릉!"

나는 계속 으르렁거렸어. 하지만 여자아이는 반달눈을 하고 웃기만 하는 거야.

"에이, 괜찮아. 카아아아릉, 카아롱, 카롱? 헤헤, 귀엽다 카롱이. 오빠, 우리 이 고양이를 카롱이라고 부르자."

여자아이는 웃으며 나를 빤히 바라봤어. 나는

다리를 쭉 내리고 공중에 대롱대롱 매달려 눈만 끔뻑거렸어.

"카롱, 카롱, 카롱 카롱. 아, 오빠. 마카롱 남았어? 우리 카롱이한테 마카롱 줘 보자."

"딸기 맛 하나 남았어. 마지막에 먹으려고 아껴 둔 건데……."

남자아이는 봉투를 열어 보더니 말끝을 흐렸어. 여자아이는 나를 바닥에 내려놓고 남자아이 손에 있던 봉투를 냉큼 가져갔어.

"배고픈가 봐. ㄱ치, 카롱아? 머어 봐."

여자아이는 봉투에서 분홍색 동그란 것을 꺼내 나한테 내밀었어.

'킁킁, 냄새가 좋구먼. 진달래가 들어간 떡인가? 색이 곱다 고와.'

나는 혀를 날름거리며 핥아 보았어. 혀끝에서

느껴지는 달콤한 맛이 좋아 얼른 한입 베어 물었지. 향긋한 냄새가 코를 간지럽히고 떡이 입안에서 붙었다 떨어졌다 마구 춤을 추었어.

'오호, 옛날 떡만은 못하지만 쫀득쫀득하고 맛이 좋구나.'

"오빠, 카롱이 마카롱 잘 먹는다. 귀여워."

"이제 가자. 엄마 기다리겠다."

"카롱아, 다음에 또 봐. 안녕!"

여자아이는 내 등을 한 번 더 쓰다듬더니 남자아이 뒤를 따라갔어. 나는 오누이의 뒷모습을 보며 입맛을 다셨어. 아니 아니, 오누이 말고 떡 때문에 말이야. 떡 하나로는 턱없이 부족했거든.

나는 떡을 또 먹을 수 있을까 싶어 살금살금 오누이를 따라갔어. 오누이는 길을 따라 걷다가 어느 가게 안으로 들어갔어.

딸랑.

문이 열리는 종소리에 한 여자가 자리에서 벌떡 일어났어.

"어서 오세…… 아, 달래랑 해준이구나."

여자의 목소리는 실망한 듯 점차 작아졌어. 오누이가 들어간 곳을 보니 떡 가게가 맞나 봐. 선반 위에 색색의 떡들이 고운 빛깔을 뽐내며 줄지어 있었어. 옳거니! 제대로 찾아왔지 뭐야.

노란색, 연두색, 파란색, 하얀색……. 알록달록 동그란 떡들이 어찌나 먹음직스럽던지. 색깔마다 어떤 맛일지 너무 궁금했어. 당장이라도 달려가 모조리 먹어 보고 싶었어.

'저기 있는 떡들을 다 맛보고 말 테다. 그런데 저 사람은 서, 설마…… 갑자기 가슴이…….'

가게 안의 여자와 눈이 마주친 순간 내 한쪽 가

숨이 찌릿찌릿 아려 왔어. 여자는 나를 뚫어져라
쳐다보더니 고개를 갸우뚱했어.

'저 아낙은 내, 내가 잡아먹은……. 오누이는 어
찌나 잘 도망가는지 얼굴을 제대로 못 봤지만 어
미는 확실히 기억하지. 오누이는 해와 달이 되었
다고 들었는데 다시 태어나 어미와 같이 살고 있
나 보군. 내가 여기로 오게 된 건 죗값을 치르라

는 염라대왕님의 뜻인가?'

　나는 어떻게 하면 죗값을 치를 수 있을지 가게 안을 들여다보며 생각했어. 하지만 좀처럼 좋은 생각이 떠오르지 않았어.

　한참이 지나도 가게에는 아낙과 오누이 말고는 개미 한 마리도 오지 않았어. 열린 문틈으로 날벌 레만 왔다 갔다 할 뿐이었지.

"엄마, 오늘은 좀 팔았어요? 아침에 만든 거 그
대로 있는 거 같은데……."

"그러게, 별로 팔지 못했네. 가겟세도 내야 하
는데……."

"그럼 남은 거 또 우리가 먹어야 하나? 엄마 마
카롱 정말 맛있는데 왜 손님이 안 오지?"

나는 가게 안을 지켜보며 이야기에 귀를 기울
였어. 아낙은 양팔로 해준이와 달래라는 오누이
의 어깨를 감싸며 말했어.

"그래도 더 힘내서 열심히 만들어 봐야지. 엄마
가 다른 맛도 만들어 봤어. 먹어 볼래?"

해준이와 달래, 아낙은 셋이 둥그렇게 똘똘 뭉
쳐 있었어. 나는 갑자기 코끝이 시큰해졌어.

'셋이 찹쌀떡처럼 딱 붙어 있네. 내가 옛날에 왜
그랬나 조금 미안하기도 하고…….'

진열장에 떡이 많이 남아 있었어. 나는 또 떡을 얻어먹을 수 있겠다는 생각에 이내 기분이 좋아졌어. 떡도 먹고 죗값도 치를 수 있을 테니 가게 근처에서 지내야겠다고 생각했지.

나는 가게 옆에 몸을 웅크리고 자리를 잡았어. 언제 또 떡을 먹을 수 있으려나 하고 기다리면서 말이야.

나는야 카롱이

　다음 날, 해가 높이 뜨고 난 후 반나절쯤 기다리니 오누이가 와서 가게로 들어갔어. 나는 몸을 일으켰어. 배가 고파 배 속이 요동치기 시작했지. 잠시 뒤에 오누이가 봉투를 들고 가게에서 나왔어.

　"크아아아앙, 크르르르릉, 카롱 카롱!"

　나는 오누이를 보자마자 폴짝 뛰어 막아섰어.

　"으악, 깜짝이야! 어제 그 고양이 아니야?"

　해준이가 화들짝 놀랐어.

"우아, 카롱이다! 우리를 찾아온 거야?"

달래는 나를 번쩍 들어 안고 눈을 마주치며 활짝 웃지 뭐야. 나는 어깨를 얼굴에 붙인 채 두 다리를 대롱대롱 흔들었어. 그러다 떡이 생각나 다시 한번 크게 말했어.

"크아아아앙, 카롱 카롱!"

“아, 배고프구나? 마카롱 좀 줄까?”

달래는 나를 바닥에 내려놓고 봉투 안에 손을 쓰윽 넣더니 보름달같이 동그랗고 노란 떡을 내밀었어.

“먹어 봐, 레몬 맛 마카롱!”

나는 노란 떡을 덥석 베어 물어 단번에 반달로 만들었어.

‘이 세상은 떡을 마카롱이라고 부르나 보다. 아이코, 요건 시큼하네. 어제 먹은 것만은 못하지만 맛이 좋다.’

오누이는 웃으며 나를 쳐다보았어. 호랑이, 아니, 고양이 마카롱 먹는 거 처음 보나? 왜 자꾸 귀엽다고 하는지. 나 원 참.

나는 계속 가게 주위에 머물렀어. 오누이가 나를 얼마나 좋아하는지 미안할 지경이었지. 옛날에 내가 오누이를 괴롭혔던 게 떠올라서 말이야. 그런데 아낙은 나를 좋아하지 않았어.

"아니, 이 고양이가 또 왔네. 저리 가! 꼭 호랑이같이 생겨서는……."

아낙은 나에게 빗자루를 내저었어.

"엄마! 카롱이 불쌍하잖아요."

그때 해준이가 와서 아낙에게 말했어.

"왠지 느낌이 안 좋아. 저 고양이 눈빛 말이야. 꼭 호랑이 같단 말이지."

아낙은 나를 째려봤어.

'미안해요, 옛날에는 며칠 동안 아무것도 못 먹었더니 너무 배가 고파서 그만 아낙을…….'

아낙은 내가 못마땅한지 볼 때마다 빗자루를 휘둘렀어. 그래도 해준이와 달래는 몰래 먹을 것을 주며 나를 돌봐 주었어. 죗값에 은혜까지 어찌다 갚나 싶었어.

　이렇게 작은 몸으로 뭘 어떻게 할 수 있을까?
나는 곰곰이 생각하다 잠이 들었어.

해준이를 도와라

어느 날, 해준이가 어디로 가는데 따라가고 싶더라고.

"오빠, 어디 가? 또 운동장에 가? 맨날 축구 경기에 뛰지도 못하면서."

달래가 고개를 도리도리 저었어.

"뭐? 아니거든? 나도 뛸 때 있어!"

해준이는 달래에게 짜증을 냈어. 그러더니 금세 어깨가 축 처져 터덜터덜 걷는 거야. 혹시 내가 뭐 도와줄 일이 있으려나? 나는 조심조심 뒤따라갔지.

해준이가 도착한 곳은 넓은 평지였어. 여러 아이들이 흙바닥에 둥그런 박 같은 것을 굴리며 차고 있었어. 해준이는 어쩐 일인지 아이들과 함께 뛰지 않았어. 멀찍이 서서 고개를 이쪽저쪽 하며 뛰어다니는 아이들을 바라만 보았어. 저게 달래가 말한 축구인가 봐.

"아, 안 돼! 저기로 공을 주면 어떻게 해. 어휴, 내가 더 잘하겠다."

해준이는 주먹으로 반대쪽 손바닥을 탁! 치며 속상해했어.

"달려, 달려! 조금 더 빨리!"

제자리에서 방방 뛰면서 목청 높여 소리를 지르기도 했지. 어찌나 집중하는지 내가 옆에 와 있는데도 모르더라고. 아니, 저 둥그런 박을 쫓아다니는 게 뭐가 좋다고 저러는지.

나는 슬슬 지루해져서 쪼그려 앉아 잠이 들었어. 잠시 후 눈을 떠 보니 해준이가 안 보이는 거야. 주위를 살펴보니 해준이가 아이들 사이에 서 있었어.

"나도 뛰게 해 줘."

해준이가 작은 목소리로 말했어.

"호성아, 어떻게 할까? 건우는 집에 가야 한대. 선수 수가 안 맞으니까 해준이 끼워 주자."

한 아이가 눈치를 보며 말했어.

"뭐? 우리 팀은 안 돼. 쟤 헛발질 장난 아니라니까. 그럼 너희 팀으로 데려가던가."

호성이라는 아이가 박을 몰고 달리기 시작했어. 호성이는 덩치도 크고 달리기도 빨랐어. 해준이도 쭈뼛거리더니 곧 뛰기 시작했어.

'드디어 내가 도와줄 때가 왔군! 내가 얼마나 빠른지 알면 다들 놀랄걸? 저 박을 몰아 해준이한테 줘야겠다. 그러면 해준이가 좋아하겠지?'

나는 벌떡 일어나 반대편에서 날아오는 박을 향해 바람처럼 달려갔어.

"어? 저거 카롱이? 카롱이잖아."

해준이의 놀란 목소리가 들렸어.

'역시 내 속도에 놀랐나 보군. 해준아, 나한테 맡겨!'

나는 열심히 달렸어.

"카롱아! 위험해!"

해준이가 소리를 지르더니 펑! 하고 날아오는 박을 온몸으로 껴안고 데구루루 굴렀어. 아이들이 해준이에게 몰려들었어.

"해준아! 괜찮아?"

"우아, 대단하다! 해준이가 공 잡는 거 봤어?"

"해준이가 공을 안 잡았으면 고양이가 맞았을 거야."

"진짜! 순발력 최곤데?"

"난 고양이 있는 거 못 봤는데? 언제 봤지?"

캑캑. 바닥에 뽀얗게 일었던 먼지가 서서히 가라앉고 보니 이상해. 이게 어떻게 된 일이지? 해준이를 도와주려고 했는데 내가 조금 늦었나?

해준이는 한 손에 바을 들고 다른 한 손으로는 옷에 있는 먼지를 툭툭 털었어. 하얀 이가 보이도록 크게 웃고 있었지.

'옛날에 내가 밀가루 묻힌 손을 보여도 안 속았었지. 그때도 순발력이 좋아 잽싸게 도망치더니 역시!'

해준이가 달려와 나를 안았어. 아이들도 나와 해준이에게 몰려왔어. 그리고 귀엽다며 내 등을 쓰다듬기 시작했지. 어휴, 귀엽다는 건 정말 귀찮은 일이야.

하지만 해준이가 밝게 웃는 모습을 보니 나도 기분이 좋았어. 도와준 게 맞는 것 같기도 하고 말이지.

"어쩌다 한 번 공 잡은 거 가지고 뭘 그래? 맨날 헛발질하는 주제에……."

호성이가 말했어.

해준이는 아무 말도 하지 않았어. 하지만 호성이의 뒤통수를 쏘아보았어.

달래를 도와라

으하하함, 잘 잤다.

오늘은 가게가 문을 닫았는지 아무도 보이지 않았어. 덕분에 아낙이 휘두르는 빗자루 걱정을 하지 않고 쉴 수 있었지. 그런데 심심한 거야. 달래는 어디 갔지? 달래랑 놀면 재밌는데 말이지.

나는 기지개를 쭉 펴고 일어났어. 달래를 찾아봐야겠어. 아마도 몇 번 따라갔던 그곳에 있을 것 같았거든. 그곳에는 그네가 있고 쭉 미끄러지는 것도 있는데 항상 아이들이 많더라고.

역시 내 생각이 맞았어. 그곳에 가 보니 달래가 아이들하고 같이 놀고 있었어. 그런데 달래 표정이 별로 좋아 보이지 않는걸? 무슨 일이지?

"하나, 둘, 셋!"

"우아, 멀리 갔다!"

"이번에는 나야. 하나, 둘, 셋!"

아이들이 신발을 한쪽 발에 걸쳐 멀리 던지고 있었어. 신발이 멀리 날아가서 떨어지면 던진 사람이 폴짝폴짝 뛰며 박수를 쳤어. 신발이 가까이 떨어지면 아이들이 으하하하 웃고 말이야. 아마도 신발이 멀리 가는 게 좋은 것 같았어.

이번에는 달래가 있는 힘껏 신발을 차올렸어. 신발이 하늘 위로 슈웅 하고 올라가더니 달래 코 앞에 톡 떨어지는 거야.

"푸하하하, 꼴찌다. 꼴찌. 달래가 또 꼴찌야."

달래는 애써 웃음을 지었지만 금방 시무룩한 표정이 되었어. 그때 한 여자아이가 하얀 강아지를 안고 다가왔어.

"안녕, 또또 데리고 왔어."

"아이, 예쁘다. 만져 봐도 되지?"

아이들은 서로 안아 보겠다고 아우성이었어. 달래도 부러운 듯 눈을 반짝였어.

"이거 봐 봐. 보여 줄게 있어. 하나, 둘, 셋! 또또야! 가져와!"

여자아이가 강아지를 내려놓더니 신발을 공중으로 날렸어. 그러자 강아지가 혀를 내밀고 꼬리를 흔들며 신나게 뛰었어. 그러고는 신발 한 짝을 물어 다시 가져오는 거야!

"우아! 정말 대단해!"

"우리 또또 대단하지?"

"진짜 똑똑하다!"

아이들이 강아지를 둘러싸고 손뼉을 쳤어. 달래도 신기한 듯 쳐다보았지.

"또 해 봐!"

"또또, 또또!"

아이들은 신발을 공중으로 차올리며 또또를 불러 댔어. 나 참, 또또인지 뚜뚜인지 하는 그 녀석은 자존심도 없는지 신발을 쫄레쫄레 자꾸 쫓아다니더라니까.

"앗, 내 신발! 어떻게 해."

그런데 갑자기 한 남자아이가 한 발을 들고 콩콩콩 나무 쪽으로 뛰어갔어. 글쎄, 신발 한 짝이 나뭇가지에 매달린 거 있지. 남자아이는 나무를 붙잡고 흔들었어. 하지만 신발은 그 자리에서 꼼

짝도 하지 않았어.

"우리가 도와줄게. 한번 같이해 보자."

여러 아이들이 같이 나무를 흔들었어. 하지만 나무는 이파리만 살랑살랑 흔들릴 뿐이었어.

"그러면 저 신발을 맞춰서 떨어뜨리자."

이번에는 아이들이 자기 신발을 나무에 던지기 시작했어. 어떤 아이는 작은 가방을 던지기도 했어. 하지만 나뭇가지에 걸린 신발은 좀처럼 내려올 생각이 없어 보였어. 마치 나무의 열매인 양 편안히 메달러 있었지. 아이들은 지쳐서 멀뚱히 나무만 쳐다보았어.

"아, 내 신발. 어쩌지?"

신발이 걸린 남자아이는 울상이 되었어.

그때 달래가 나무 기둥을 껴안고 붙잡았어. 그러고는 나무 기둥을 타고 쭉쭉 올라가기 시작하는 거야.

"아, 맞다. 달래 별명이 원숭이잖아. 나무에 진짜 잘 올라간다니까."

"우아! 달래야, 힘내!"

역시 옛날의 그 오누이가 맞았어. 나를 따돌리고 나무에 올라갔던 실력이 그대로더라고. 나는 눈을 비비며 달래의 모습을 보았어.

다시 봐도 놀랄 수밖에 없었다니까. 정말 멋졌어! 달래는 나뭇가지에 걸려 있는 신발 쪽으로 다가가 손을 뻗었어. 손이 신발에 닿을락 말락 했어.

"으으으, 손이 잘 안 닿네. 조금만 더……."

신발을 향해 뻗은 달래의 팔이 덜덜 떨렸어. 달래는 얼굴을 찌푸리며 안간힘을 쓰고 있었어.

그래, 지금이야! 내가 드디어 달래를 도와줄 때가 온 거야! 나는 얼른 일어나 나무로 달려갔어.

순식간에 나무를 타서 달래한테로 기어 올라갔
어. 고양이라 그런지 몸이 가벼워서 식은 죽 먹기
더라고.

"카롱아! 카롱이 왔구나! 아, 그 신발 톡톡 쳐
봐. 떨어지게."

달래는 손짓을 하며 나에게 말했어. 나는 신발
을 앞발로 톡톡 쳐서 아래로 떨어뜨렸어.

"우아! 신발을 구했다!"

"달래가 해냈다!"

"고양이가 도와줬어!"

여기저기서 아이들의 박수 소리가 쏟아졌어.
달래는 나무 아래로 내려와 나를 불렀어.

"카롱아! 이리 와!"

나는 얼른 내려가 달래에게 안겼어.

"이름이 카롱이야? 귀엽다. 만져 봐도 돼?"

"나무 위에도 잘 올라가고 정말 대단하다."

아이들이 몰려와 우리를 에워쌌어.

"우리 카롱이 진짜 멋지지? 하하."

달래는 마침내 해처럼 밝게 웃었어. 눈이 부셔 쳐다보지 못할 정도였다니까. 달래가 좋아하니 나도 기분이 날아갈 듯 좋았어.

참 이상하단 말이야. 가슴속이 간질간질한 이 느낌은 뭐지?

오누이를 지켜라

그러던 어느 날 일이 생겼지 뭐야.

가게 앞에서 늘어지게 자고 있는데 어떤 남자 아이가 다가와 나뭇가지로 나를 툭툭 건드리는 거야. 며칠 전에 본 호성이라는 아이였어.

잠자는 호랑이의 코털을 건드리다니! 나는 가만히 있을 수 없었어.

"크르르릉, 캬아아앙!"

"어쭈, 꽤 용감한데? 이거 물어 봐."

호성이가 나뭇가지를 내 입에 들이밀었어. 나는 화가 나 자세를 낮추고 매서운 눈빛을 보냈어. 하지만 호성이는 멈추지 않고 계속 나뭇가지를 내 입안에 넣으려고 하는 거야.

나는 뒤로 물러나 소리쳤어.

"캬아아아앙!"

그때 가게 문이 열리며 달래와 해준이가 뛰어나왔어.

"당장 그만둬! 카롱이 괴롭히지 마!"

달래는 어깨를 들썩이며 씩씩거렸어.

"이거 물어 보라고."

호성이는 못 들은 척하면서 계속 나뭇가지를 휘둘렀어.

해준이는 호성이를 보며 주먹을 쥐었다 풀었다 했어. 망설이고 있었지.

"아, 그만하라니까."

달래가 호성이 팔을 붙잡았어.

"하지 마, 이거 놔."

호성이가 팔을 뿌리치자 달래가 뒤로 벌러덩 넘어졌어.

"아야!"

"달래야!"

해준이는 놀라서 달래에게 뛰어갔어. 이제 더 이상 참을 수 없었는지 주먹을 불끈 쥐고 호성이 한테 소리쳤어.

"김호성! 너 내 동생을 밀었어! 학교에서는 축구 좀 한다고 네 마음대로 하고 밖에서는 힘없는 고양이까지 괴롭히냐?"

"그러니까 왜 귀찮게 해. 고양이랑 노는데."

해준이가 호성이 손에 있는 나뭇가지를 잡아당

겼어. 호성이는 나뭇가지를 꼭 쥐고 해준이를 밀
어 버렸어. 힘이 어찌나 센지 해준이는 엉덩방아
를 찧고 철퍼덕 넘어졌어. 해준이는 벌떡 일어나
더니 호성이한테 달려들었어.

"오빠 이제 그만해!"

달래는 발을 동동거리며 둘을 떼어 놓으려고
애썼어.

그때 골목길 안쪽에서 부아앙! 소리가 났어. 저절로 움직이는 빠른 것이 달려오고 있었던 거야! 셋은 서로 엉켜 길 위에서 이리저리 뒤뚱거리고 있었어.

'앗, 부딪히겠어! 골목 쪽으로 가면 안 돼!'

나는 아이들을 향해 두 다리를 쭉 뻗어 높이 뛰어올랐어.

"카르르르르릉!"

"으악!"

내가 달려들자 아이들은 쓰러지며 바닥에 나동그라졌어.

부아아앙!

다행히 저절로 움직이는 것은 아이들 바로 옆으로 지나갔어.

"어머! 얘들아, 괜찮니?"

그때 가게 안에 있던 아낙이 소리를 지르며 헐레벌떡 뛰어왔어.

"얘들아! 큰일 날 뻔했잖아! 오토바이에 치일 뻔했다고!"

아낙은 놀란 가슴을 쓸어내리며 아이들을 일으켰어.

"고양이가 너희를 구했구나."

아낙은 내 눈을 보며 말했어. 여태까지 딱딱한 얼음 같았던 아낙의 눈동자가 찰랑거리는 호수처럼 보이지 뭐야.

해준이와 달래는 나를 꼭 껴안고 머리를 쓰다듬어 주었어.

아낙은 호성이 무릎을 살펴보았어. 그러고는 호성이의 다친 무릎에 반창고를 붙여 주고 조심히 가라며 마카롱도 싸 주었지. 호성이는 멋쩍은 듯 머리를 긁었어.

　나는 으쓱한 기분이 들었어. 내가 해준이와 달
래를 구한 거야!

마카롱이 좋아

자고 일어나 보니 가게 앞에 푹신한 보금자리와 밥그릇이 생겼어. 매일 마카롱도 먹고 토끼 똥 같이 생긴 것도 먹으니 편하고 좋았어.

"카롱아, 우리 카롱이 배고프겠다."

달래는 접시에 마카롱을 담아 내게 내밀었어. 나는 냉큼 다가가 맛있게 먹기 시작했어. 오늘은 파란색 마카롱이었어. 색깔별로 맛보는 재미가 쏠쏠했지.

"어머, 이 고양이 좀 봐. 고양이가 마카롱을 먹네. 너무 귀엽다."

가게 앞을 지나가던 두 여자가 나를 보며 말했어.

"얘 이름은 카롱이에요. 정말 귀엽죠? 헤헤."

달래는 자랑스럽게 말했어.

"카롱이? 그러고 보니 카롱 카롱 소리 내는 것 같아, 하하."

"그런데 고양이가 마카롱 먹으면 몸에 안 좋을 텐데."

한 여자가 걱정스러운 듯 말했어.

"이거 우리 엄마가 카롱이를 위해 특별히 만든 고양이 전용 마카롱이에요."

"어머! 그렇구나. 고양이 마카롱이구나."

여자들은 정말 귀엽다며 네모난 것을 들고 찰칵찰칵하며 내 앞에 들이밀었어. 나는 무슨 일인

지 모르겠지만 호들갑을 떠는 모습이 우스워서
허리를 쭈욱 펴고 물끄러미 바라봤어.

'허허. 그만 좀 해.'하면서 앞발을 번쩍 들어도
웃으며 계속 찰칵거리는 거야. 나는 마카롱이나
마저 먹어야겠다 싶었지.

왜 자꾸 나보고 귀엽다고 하는 거야? 내가 얼마

나 무시무시한 호랑이였는지도 모르고.

"고양이가 마카롱을 맛있게 먹네. 여기 들어가 볼까? 우리 고양이도 좋아할 것 같아."

오랜만에 손님이 들어오는 반가운 '딸랑' 소리가 들렸어.

어느 날은 어떤 여자랑 남자가 와서 나를 보며 깜짝 놀라는 거야.

"정말 마카롱 가게 앞에 고양이가 살고 있네? 귀여워."

"잠깐만, 마카롱 좀 사야지."

남자와 여자는 가게로 들어가더니 봉투를 들고 나왔어. 봉투 안에서 주황색 마카롱을 꺼내 선물이라며 내 발 앞에 내려놓았어. 나는 맛있게 먹어 주었지. 쩝쩝.

두 앞발로 마카롱을 잡고 먹다 고개를 들어 보

니 이 남자도 웃으며 네모난 것을 들고 찰칵찰칵
소리를 냈어.

"어머, 정말 잘 먹는다. 영상 올리면 다들 좋아
하겠다."

여자가 웃으며 말했어. 내가 매력적이긴 한가
봐. 이렇게 마카롱만 먹는데도 좋아하다니.

"어디, 우리 것도 먹어 보자."

남자와 여자는 봉투에서 마카롱을 하나씩 꺼내
먹기 시작했어.

"마카롱이 입안에서 살살 녹는다. 징밀 맛있어.
행복해지는 맛인데?"

사람들도 마카롱을 좋아하긴 좋아하나 봐. 하
긴 이렇게 맛있는데 안 좋아할 수가 없지.

깜박 잠이 들었다 깼는데 멀리서 낯익은 얼굴
이 보였어.

"애는, 어딘데 그래? 갑자기 마카롱이 먹고 싶다고 여기까지 와?"

"엄마, 다 왔어요."

저쪽에서 호성이가 두리번거리며 걸어오는 거야. 어떤 여자와 함께였어.

또 나를 괴롭히려나 싶어 털을 바짝 세웠어. 호성이는 나한테 다가오더니 쭈그려 앉았어. 그리고 내 등을 살살 쓰다듬으며 부드러운 눈빛으로 말했어.

"지난번에 얘기 못 했는데 고마워."

그러고는 가게 안으로 들어갔어. 얼마 지나지 않아 해준이가 내 쪽으로 걸어왔어.

"카롱아, 뭐 하고 있었어?"

해준이는 나와 놀아 주다가 가게에서 나오는 호성이를 보고 흠칫 놀랐어.

"네가 웬일이야?"

"어, 어, 엄마가 마카롱 먹자고 해서 온 거야."

호성이는 어쩔 줄 몰라 하더니 봉투에서 마카롱을 하나 꺼내 나한테 건넸어.

"안 돼, 카롱이한테는 고양이 전용 마카롱으로 줘야 해."

"그래? 그럼 너 먹어."

호성이는 마카롱을 해준이한테 내밀었어. 붉은색 마카롱이 사과처럼 탐스러워 보였지.

"우리 엄마가 만날 만드는데 얼마나 많이 먹어 봤겠냐? 너 먹어."

해준이는 어이없다는 듯 피식 웃었어. 호성이는 머뭇거리다 자기 입에 마카롱을 집어넣었어.

"우아, 정말 맛있다. 이 가게를 왜 이제 알았을까? 해준이는 정말 좋겠다. 너희 엄마 솜씨 정말 최고다!"

호성이와 함께 온 여자도 마카롱을 맛있게 먹었어. 그 모습을 본 해준이는 기분이 좋은지 표정이 밝았어.

"이따 3반이랑 축구 시합하는데 올래? 사람이 부족할 것 같기도 하고 뭐. 너 공 좀 잡는 것 같던데. 시간 없음 말고 뭐……."

호성이가 다시 붉은색 마카롱을 꺼내 해준이한테 내밀었어.

"어? 시간이 될 것 같긴 한데 생각해 볼게."

해준이는 이번엔 마카롱을 받아 입안에 쏙 넣으며 웃었어.

고양이도 좋아

　요즘 가게 문틈으로 아낙의 콧노래 소리가 자주 들려와.

　"ㅇㅇㅇ음음 흐ㅇㅇ음음음."

　아낙은 예전보다 아침 일찍 가게에 나와 밤늦게까지 일했어. 한산하던 가게 앞에 사람들이 하나둘 늘어나더니 줄을 서는 날도 있었지.

　게다가 나까지 바빠졌지 뭐야. 사람들이 자꾸 나를 보며 찰칵거리고 말을 시켰거든.

내가 엎드려 잠 좀 자려고 하면 어찌나 말을 시키는지. 내가 일어나 자세를 잡으면 손뼉까지 치며 좋아하더라고. 나는 더 열심히 다양한 자세를 보여 주었어. 나만 보고 가는 사람도 있었지만 대부분 마카롱을 한 봉지씩 사 가곤 했거든.

"어머머! 카롱이 좀 봐, 귀여워!"

나는 고개를 들고 황금빛 눈을 깜박거렸어. 앞발을 붙이고 허리를 세워 멋지게 앉았지. 앞발을 귀 옆에 대고 '카롱 카롱' 소리도 냈어. 찰칵할 수 있게 천천히 움직이면서 말이야.

조금 피곤하지만 어쩌겠어. 일을 해야 죗값을 갚지. 아낙이 싱글벙글거리며 콧노래를 부르니 내가 도움이 되고 있는 게 맞겠지? 게다가 사람들이 나에게 종종 새로운 간식도 주니 일석이조라고나 할까?

"우아, 엄마! 이 마카롱 먹어 봐도 돼요? 새로운 맛인가 봐요. 인절미 향이 나는데요?"

"달래야, 이건 카롱이 마카롱이야. 새로 만들어 봤어. 우리 카롱이가 좋아하려나 몰라."

"아이, 알았어요."

그때 해준이가 땀을 뻘뻘 흘리며 가게로 뛰어 들어왔어.

"오빠, 또 축구하고 오는 거야?"

"내가 오늘 두 골이나 막았어! 그래서 우리 팀이 이겼다고!"

해준이는 요즘 부쩍 기운이 넘쳐. 나도 해준이를 구경하러 종종 따라가는데 여전히 많이 뛰지는 않지만 커다란 그물 앞에 서서 날아오는 박을 아주 잘 잡더라고. 해준이가 박을 잡으면 친구들이랑 덩실덩실 춤도 추고 즐거워 보였어. 호성이

란 녀석은 나만 보면 반가운지 뛰어와. 해준이랑
도 잘 지내는 거겠지?

"애들아, 이제 집에 들어가 있어. 곧 손님들이
몰려올 시간이야. 이건 카롱이 주고."

"알았어요, 엄마!"

나는 접시에 담긴 마카롱을 냠냠 맛있게 먹었어.

'쩝쩝, 이 마카롱도 구수하고 맛있는데? 흐음.
고양이로 사는 것도 꽤 좋은걸?'

딸랑!

경쾌한 종소리가 또 내
귀를 간지럽혔어. 나는
목을 가다듬고 허리를
세웠지. 일할 준비 완료!
카롱 카롱!